RAPPORT

FAIT

A LA SOCIÉTÉ D'AGRICULTURE

DU DÉPARTEMENT DE LA SEINE,

Dans sa Séance du 1er. mai 1811,

Sur la Manière de diriger les Arbres en Espalier, imaginée et pratiquée par M. Sieule, jardinier à Vaux-Praslin ;

Par M. AUBERT DU PETIT-THOUARS,

Membre de la Société, et directeur de la Pépinière du Roule.

SUIVI

Du Rapport fait à la même Société, le 20 janvier 1813, au nom d'une Commission spéciale, sur la Méthode de M. Sieule de diriger les Pêchers ;

Par MM. Challan, Petit de Beauverger, Thouin, du Petit-Thouars, Bosc, Vilmorin ; Féburier, *rapporteur.*

A PARIS,

De l'Imprimerie de Madame HUZARD (née VALLAT LA CHAPELLE), rue de l'Éperon-Saint-André-des-Arts, N°. 7.

1813.

Extrait des *Annales d'Agriculture française*, tome LIII.

RAPPORT

Fait à la Société d'Agriculture de Paris, dans sa séance du 1er. mai 1811, sur la manière de diriger les arbres en espalier, imaginée et pratiquée par M. Sieule, jardinier à Vaux-Praslin;

Par M. AUBERT DU PETIT-THOUARS.

LIVRÉ depuis trente années à l'étude de la nature dans les végétaux, je me suis trouvé entraîné par les circonstances, et peut-être par mon goût, à suivre ses opérations dans son cours ordinaire, lorsqu'elle n'est point contrariée ; mais me trouvant fixé d'un côté comme propriétaire, et de l'autre, comme directeur d'un établissement important, j'ai dirigé les connoissances que j'avois acquises vers les principes de *l'Art de la Culture*, j'ai cherché à me mettre au courant des connoissances acquises. Depuis ce moment je n'ai pas tardé à m'apercevoir que lors même que l'on se croyoit guidé par une savante théorie, on ne suivoit au fond qu'une routine aveugle et qui n'étoit point

1 *

d'accord avec la nature. J'ai appelé à mon secours l'expérience, et je crois que déjà elle m'a révélé de grandes vérités; mais il ne faut pas trop se hâter d'en tirer des conclusions, je dois auparavant réitérer mes observations.

Je crois qu'un des moyens les plus certains, de parvenir à des résultats avantageux, c'est de ne pas rejeter les idées qu'on présente comme nouvelles. C'est ainsi que M. *Cadet de Vaux,* ayant annoncé une nouvelle manière de diriger les arbres fruitiers, j'ai été les observer sur les lieux, et j'ai ensuite tenté des expériences pour constater ses avantages et ses inconvéniens.

J'en ai donc exécuté à ma terre de Barbey, près Montereau, et ici, à la pépinière du Roule. Un habitant de Montreuil venoit tous les ans tailler les pêchers de cet établissement; j'en ai soustrait successivement plusieurs à sa serpette, en sorte que l'année dernière la moitié a été taillée et l'autre ne l'a pas été : je continue cette année, et j'observe avec soin les différences qui résultent de ces deux manières; mais je ne me croirai encore en état de prononcer que dans quelque temps.

Il y a deux mois environ que, dans une de nos séances, j'appris que M. *Sieule,* jardinier à Praslin, annonçoit qu'il avoit trouvé **une**

nouvelle manière de diriger les arbres fruitiers ;
surtout les pêchers : sur le désir que je témoi-
gnai d'en prendre connoissance , vous me don-
nâtes la commission de l'examiner.

J'ai été obligé de remettre ma visite à ce
beau séjour lorsque j'irois à ma terre ; ce n'a
été que le 12 avril. Je ne trouvai pas M. *Sieule* ;
mais son fils me fit voir tous les travaux de son
père. Je promis bien d'y repasser à mon retour ;
et d'ici là , je réfléchis sur ce que j'avois vu , et
je préparai des questions à proposer.

Effectivement , j'y suis retourné mercredi 24 :
trouvant M. *Sieule ,* j'ai reçu de lui toutes les
explications que je pouvois désirer ; je peux
donc rendre compte de ses travaux.

Ils sont dirigés sur les espèces d'arbres culti-
vés ordinairement en espaliers , des *fruits à
noyaux* et des *fruits à pepins.* Les pêchers et
les abricotiers sont au nombre des premiers ;
les poiriers et les pommiers aux seconds.

On a remarqué depuis long-temps que ces
deux espèces d'arbres présentoient de grandes
différences dans leurs développemens ; mais
jusqu'à présent on n'a pas saisi le vrai carac-
tère qui les distingue ; je me crois donc obligé
de l'exposer sommairement.

Le pêcher , comme toutes les plantes dicotylédones, a un point vital à l'aisselle de toutes les feuilles ; il devient, comme dans le plus grand nombre des arbres de notre climat, un bourgeon composé d'écailles imbriquées ; mais ce qui le distingue, c'est que, lorsqu'il est adulte, ce qui lui arrive à la deuxième ou troisième année après sa germination, ce bourgeon, qui est simple dans son origine, se trouve triple six semaines après son apparition. Il se trouve donc trois bourgeons distincts côte à côte : l'on apprend par la dissection et le développement, que les deux bourgeons latéraux contiennent une seule fleur, en sorte que ce sont des boutons à fleur.

Le printemps suivant, ces bourgeons se développant à la place des feuilles de l'année précédente, il se trouve donc des fleurs et des feuilles qui se développent et forment une nouvelle branche ou scion. Chacune de ces feuilles produit de même d'abord un bourgeon qui se triple pareillement.

Il arrive souvent, lorsque l'arbre n'est pas très-vigoureux, qu'il n'y a qu'un seul bourgeon ; alors il est à fleur ; à l'extrémité seule se trouve un bourgeon à feuilles : de là il arrive qu'à la chute des fleurs et des fruits ce rameau est dégarni ; mais le bourgeon à feuilles se développant, il forme un nouvel allongement à la branche.

Il paroît que chaque bourgeon a les moyens de se prolonger indéfiniment. Chaque feuille qui le compose en renferme une nouvelle dans son aisselle ; mais ordinairement le scion ou nouvelle branche subit une *décurtation* naturelle qui l'arrête au bout d'un certain nombre de feuilles développées ; mais si ce bourgeon se trouve dans une position favorable, il continue à se développer indéfiniment souvent jusqu'à ce que l'hiver vienne pincer son extrémité ; c'est alors ce qu'on nomme *branches gourmandes*.

D'autres fois les bourgeons axillaires se développent tout de suite, dans l'été même qui les a vus naître ; ils anticipent par ce moyen à leur existence, et il n'est pas rare de voir dans l'aisselle même de ces nouvelles branches une troisième génération se développer.

Il paroît aussi que dans le pêcher tous les bourgeons se développent l'année qui suit leur formation, et que, s'il en reste quelques-uns, ils perdent leur faculté végétative.

De là il suit que le pêcher a tous les ans la même quantité de fleurs ; que, s'il donne moins de fruits, cela dépend de la température lors de la floraison. Il est encore évident que toutes les branches sont à fruit ; que si quelques-unes ne sont garnies que de fleurs, c'est accidentellement.

On peut encore conclure de ces faits que le pêcher laissé à lui-même, tend à se ramifier prodigieusement dans la proportion du nombre de ses feuilles, ce qui devient incalculable ; mais lorsqu'il n'y a que des boutons à fleurs, la branche ne fait que s'allonger sans se ramifier. On a remarqué de plus que les rameaux latéraux, au bout d'un petit nombre de pousses, périssent, en sorte qu'il se dégarnit par le bas, tandis que sa végétation se concentre vers le sommet.

Ces habitudes du pêcher ont désolé longtemps les cultivateurs ; ils ont désespéré de les réduire en espaliers, tandis que les poiriers y étoient soumis ; c'est ce que témoigne le *Jardinier François*, publié en 1651.

Enfin, ils sont devenus leur principal ornement, et presque tous les autres, excepté les poiriers, leur ont cédé la place. ·

Ce n'a été que par les soins qu'on leur a donnés qu'on y est parvenu ; c'est en les soumettant aux opérations de la taille, de l'ébourgeonnement et du palissage.

La taille consiste par la suppression d'une partie d'un scion ou branche de l'année précédente ; on a remarqué que le bourgeon, rendu terminal par cette opération, poussoit plus vigoureusement qu'il n'eût fait sans cela : les autres, qui sont au-dessous, participent plus ou moins à cette vigueur ; en sorte que chacun des bourgeons laissés donne naissance à des branches plus fortes qu'elles n'eussent été sans cela. Dans le milieu de l'été, on en enlève une partie plus ou moins considérable ; ce sont surtout les scions qui sont devant ou derrière l'arbre qu'on supprime. C'est l'ébourgeonnement actuel ou l'escionnement.

Il se trouve que par ces deux opérations on enlève d'un arbre presque autant de substance qu'il lui en reste, c'est donc de la séve employée entièrement en pure perte.

L'abricotier se comporte à peu près comme le pêcher ; ce qui le distingue principalement, c'est que le bourgeon à feuille se trouve accompagné d'un plus grand nombre de boutons à fleurs ; lorsqu'ils fleurissent, ils emportent toute la séve, en sorte que le bourgeon à feuilles avorte souvent. Les branches, par-là, sont sujettes à se dégarnir ; d'un autre côté les bourgeons oubliés vers le bas poussent souvent

vigoureusement, et ils paroissent très-disposés
à en reproduire de nouveaux.

Le prunier et le cerisier présentent encore
d'autres modifications, mais tous donnent chaque année la même quantité de fleurs ; et,
comme dans le pêcher, s'il n'en résulte pas
toujours la même quantité de fruits, il faut
s'en prendre à la température qui a eu lieu
lors de la floraison.

Venons maintenant aux arbres à pepin. Le
poirier et le pommier se comportent à peu près
de même. Nous ne parlerons que du premier.

Ses feuilles se trouvent munies pareillement
de bourgeons lors du printemps ; souvent il n'y
en a qu'une partie qui se développent, mais
les autres ne perdent pas leur faculté germi-
native et la conservent long-temps. Des bourgeons qui se développent, il arrive souvent que
celui seul qui termine la branche s'allonge,
c'est-à-dire, que les feuilles qu'il produit se
trouvent à quelque distance les unes des autres.
Quelquefois un ou deux de ceux qui les suivent
donnent pareillement naissance à des scions ou
branches allongées ; mais les autres bourgeons
fournissent des branches courtes, parce que
leurs feuilles se touchent à la base, et ne forment qu'une rosette plus ou moins épaisse,

terminée par un nouveau bourgeon. L'année
suivante, il arrive quelquefois que ces branches
courtes ou rosettes ne donnent encore qu'une
nouvelle rosette, et d'autres années s'écoulent
de même : en sorte qu'il en résulte une branche
dont l'écorce est très-ridée par l'effet des ves-
tiges des feuilles qu'elle a portées. Quelquefois
les bourgeons terminaux ne donnent naissance
qu'à des rosettes, en sorte que l'arbre n'éprouve
qu'un allongement presque insensible ; mais il
arrive plus souvent que, la seconde année de
la formation de la rosette, on remarque que le
bourgeon qui la termine est plus renflé que les
autres ; et si on le dissèque vers le milieu de
l'été, on y reconnoît au centre des fleurs qui
doivent épanouir le printemps suivant. Le bourgeon terminal ne contient ordinairement que
des feuilles, et donne naissance à un nouveau
scion ; mais il n'est pas rare qu'il produise aussi
un bouquet de fleurs ; et très-souvent aussi,
du milieu des feuilles qui l'accompagnent, il se
développe tout de suite un bourgeon anticipé,
qui continue la branche.

Voilà donc ce qui se passe le plus ordinairement, c'est-à-dire que les branches rosettes
ou courtes donnent des fleurs la seconde année
de leur formation ; mais très-souvent des bour-

geons de l'année précédente fleurissent tout de suite. On connoît déjà un assez grand nombre de poiriers et de pommiers à qui cela arrive. Ce n'est pas la culture qui produit cet effet, car j'ai observé depuis long-temps, et ce printemps même, des pommiers sauvages, dont les branches de l'année dernière formoient des festons de fleurs d'un à deux pieds de long. (Il est bon d'observer ici que les fleurs paroissent distribuées d'une façon régulière. Chaque bouquet est composé de six fleurs; cinq sont disposées circulairement, et la sixième occupe le centre.)

Ainsi, il n'y a pas réellement dans les poiriers et les pommiers de branches destinées à donner, les unes des feuilles, et les autres des fruits. La règle que l'on indique pour connoître celles qui doivent donner des fruits, en comptant le nombre des feuilles, n'est pas fondée dans la nature.

Tout ce que l'on a écrit là-dessus, surtout la distinction des huit espèces de branches, doit être effacé des ouvrages d'agriculture, parce que cela ne sert qu'à donner des notions fausses.

Venons maintenant à l'examen des opérations que M. *Sieule* emploie pour diriger les arbres en espaliers, surtout le pêcher.

Il en a obtenu des effets prodigieux ; des espaliers de quarante à cinquante pieds d'envergure, produits dans l'espace de six à sept ans. Je les ai vus effectivement, et les ai mesurés (1).

Ils forment le V montreuillois. Il faut que, l'un portant l'autre, chaque branche ait crû de plus de 3 pieds par année. Pour y parvenir, il a laissé chaque pousse annuelle dans toute sa longueur sans la tailler : elle se trouvoit garnie de bourgeons qui étoient destinés à donner des fleurs et de nouvelles branches.

M. *Sieule* ayant planté son jeune arbre, le taille jusqu'à ce qu'il ait obtenu deux belles branches pour commencer sa direction ; elles sont donc garnies de feuilles, par conséquent de bourgeons qui devroient donner autant de nouvelles branches ou scions. Il ne leur donne pas le temps de se développer, car au printemps, sur la longueur de cette branche, il choisit deux bourgeons, l'un d'un côté en bas, l'autre vers le milieu de l'autre, et le terminal

_____

(1) Son principal espalier étoit garni, dans le principe, de vingt-six arbres à 24 pieds de distance ; maintenant il est obligé de supprimer d'année en année une portion des intermédiaires ; en sorte qu'avant peu treize arbres suffiront pour couvrir un mur de 624 pieds.

pour les conserver; ensuite il fait sauter tous les autres avec un instrument très-tranchant, en sorte qu'il a donc deux branches latérales et une terminale qu'il laisse se développer. Il n'a plus d'autre opération à faire que de les palisser quand elles ont acquis leur longueur.

Les plaies faites par l'instrument se referment facilement, et laissent à peine des traces.

L'année suivante, la branche terminale reste dans son entier; de même tous les bourgeons sont supprimés, excepté deux, laissés l'un à droite, l'autre à gauche.

Pour les deux branches latérales fournies, il laissoit d'abord celle d'en bas dans toute sa longueur, pour fournir une nouvelle branche latérale inférieure; mais maintenant il la taille, ainsi que l'autre, vers leur milieu; ensuite il supprime tous leurs bourgeons, excepté deux, également espacés sur la longueur. Continuant chaque année ces opérations, l'on voit que les deux membres principaux croissent rapidement, et fournissent des rameaux latéraux en quantité suffisante pour garnir toutes les parties de la muraille nécessaire. Ces mères branches ne portent aucune cicatrice, les plaies faites par l'enlèvement des bourgeons étant promptement recouvertes, en sorte qu'elles sont parfaitement lisses d'un bout à l'autre. Il résulte de là qu'il ne se trouve sur l'arbre que deux fleurs pour chaque nouvelle branche ; mais s'il se trouve des branches courtes qui n'aient que des boutons à fleurs, ils les laisse dans leur entier.

Ainsi M. *Sieule* pratique, suivant ma manière de m'exprimer, l'ébourgeonnement proprement dit, c'est-à-dire, l'enlèvement du bourgeon, ce qu'on pourroit nommer éborgnement, et l'ébourgeonnement ordinaire seroit l'escionnement ou suppression des scions. Voici ce que j'ai dit à ce sujet (XIIe. Essai , art. 5) :

« Par la première signification du mot ébourgeonnement, on entend l'enlèvement même du bourgeon avant son développement. On ne pratique pas habituellement cette opération ; cependant elle seroit facile à exécuter pendant l'hiver, car le bourgeon étant très-tendre à la base, cède au moindre effort : elle pourroit être employée avantageusement ; mais elle est trop minutieuse pour être pratiquée en grand. »

M. *Sieule* réalisoit donc, depuis quelques années, ce que j'annonçois comme devoir être très-avantageux.

Effectivement, il me paroît que dans cette pratique il y a des avantages réels et conformes à ce qu'il a annoncé.

Comme je l'ai démontré, tous les bourgeons étant en communication directe par leurs fibres avec les racines, lorsque vous les supprimez ces fibres restent sans destination. Elles ont cependant conservé la puissance d'apporter de la séve. Les bourgeons survivans se trouvent donc dans une surabondance de séve. Dans la taille, le bourgeon germinal se trouve seul dans cette surabondance, au lieu qu'ici elle est partagée entre tous.

Mais un des principaux avantages de cette pratique, c'est que l'ébourgeonnement ordinaire devient inutile, ce qui est une grande épargne de temps. Mais ce qui est encore plus important, c'est qu'on ne laisse pas sortir du corps de l'arbre une quantité considérable de substances consommées inutilement dans les scions qu'on retranche ordinairement; il ne s'en consomme pas, non plus, dans les fruits surabondans, qu'autrement on est obligé de supprimer, ou qui tombent d'eux-mêmes.

M. *Sieule* détermine d'avance la quantité de fruits qu'il voudroit avoir, et qui se trouvent également espacés : ils peuvent donc recevoir également toutes les influences de l'extérieur et l'aliment de l'intérieur.

L'abricotier est traité de la même manière ;

mais, jusqu'à présent, M. *Sieule* le trouve moins disposé à se laisser gouverner. C'est un effet de sa nature qui l'a disposé de manière à ce qu'il repousse facilement de nouveaux bourgeons, soit *supplémentaires*, soit *adventifs*.

Quant au poirier, M. *Sieule* ayant reconnu très-bien sa nature, il ne le taille pas du tout, parce qu'il s'est aperçu que, lorsque l'on coupoit l'extrémité d'une partie de ses branches, les bourgeons qui se trouvoient en dessous s'allongeoient tout de suite en nouvelles branches; au lieu que, si on laissoit la branche dans son entier, ces branches restoient courtes, formant des rosettes, et fleurissoient souvent dans l'année même, et au plus tard l'année suivante.

Il se contente de les allonger, et je les ai vus au moment de la floraison, ils étoient chargés de fleurs.

J'ai obtenu le même effet, soit ici à la pépinière du Roule, soit à Barbey, près Montereau. Toutes les branches que j'ai fait conserver dans leur entier depuis deux ans étoient changées en festons ; beaucoup de celles de l'année dernière étoient dans le même cas. Mais n'étant que dans des intervalles très-courts à ma terre, mon jardinier n'a pu s'empêcher de tailler

2

beaucoup de branches, et je lui ai fait voir,
par de nombreuses branches allongées qui en
étoient résultées, quel en étoit l'inconvénient.
On voit ici que, pour le poirier, M. *Sieule*
suit à peu près la même marche que M. *Cadet
de Vaux*, de qui je l'ai empruntée.

Mais, pour en revenir au pêcher, elle est
entièrement différente, et elle me paroît lui
appartenir totalement (je présume qu'elle a
beaucoup de rapport cependant avec celle que
M. *Dumoutier* fait au Jardin des Plantes. Je
ne la connois pas assez pour en parler, et il
reste en outre à savoir qui des deux a devancé
l'autre). Je crois que M. *Sieule* obtient tous
les effets qu'il a annoncés; mais reste à savoir
s'il n'y a pas des inconvéniens qui puissent en
contrarier les avantages. Il y en a quelques-
uns que j'entrevois ; mais c'est la continuité
d'observations qui peut seule apprendre ce qui
en est, et si on ne pourroit pas y remédier. Un
des plus grands, suivant moi, c'est le peu de
fleurs qu'il laisse sur les arbres. Il est certain
que si elles tenoient toutes, l'arbre en seroit
garni suffisamment; mais on sait quels sont les
accidens auxquels elles sont exposées, et la
nature ne les a tant multipliées que pour qu'elles
pussent se suppléer les unes et les autres.

Peut-être pourroit-on supposer que, par la manière dont elles se trouvent dispersées, elles deviennent plus robustes et plus en état de supporter les intempéries.

D'un autre côté on trouvera que, plus elles deviendront rares, plus elles produiront de beau fruit. La position où se trouve M. *Sieule* lui permet de spéculer ainsi. Placé chez un riche propriétaire qui, par sa naissance, son éducation, a contracté l'habitude de voir les objets en grand, il croit avoir rempli ses intentions en lui offrant la qualité au lieu de la quantité.

Mais un particulier qui cultiveroit pour tirer du profit trouveroit qu'il risqueroit trop, en mettant, pour me servir d'une expression vulgaire, tous ses œufs dans un panier.

Je crois qu'il seroit facile de concilier ces deux manières de voir. C'est ce que je démontrerai par la suite.

Un autre inconvénient résulte encore de cette disposition. Les bourgeons à feuilles peuvent également manquer : où trouvera-t-on de quoi les remplacer ?

Tout en admirant ces arbres d'une si belle étendue et qui peuvent encore s'agrandir, je n'ai pu me refuser à un mouvement de crainte.

2 *

Si l'arbre vient à périr en tout ou en partie,
voilà un grand espace de mur tout-à-fait dégarni, et qui demandera du temps avant d'être
recouvert. Ceci peut s'appliquer également à
toutes les manières de former les espaliers.

Ceux qui se sont empressés de juger la méthode de M. *Sieule* avant d'en examiner la
pratique, ont annoncé que ses arbres devoient
se dégarnir par le bas. Je n'ai point aperçu cet
effet ; j'y ai vu des pousses aussi vigoureuses
que partout ailleurs, et également chargées de
fruits.

Je pense donc que les avantages que M. *Sieule*
obtient de sa manière de cultiver les arbres fruitiers, surtout les pêchers, me paroissent certains, et que les inconvéniens sont douteux ;
ses procédés me paroissent neufs; il mérite les
encouragemens de la Société.

Que, d'un autre côté, on ne peut trop se
hâter de les faire connoître, afin que des expériences multipliées par les cultivateurs puissent
lui donner toute la perfection dont elle peut
être susceptible.

Au nom de la théorie on n'a pas manqué de
faire plusieurs observations sur cette pratique,
et on a présumé qu'elle ne devoit rien valoir.
Un des membres trouva surtout un grand

inconvénient au retranchement des bourgeons,
parce que, disoit-il, *les feuilles nourrissant
plus que les racines*, il est évident que l'arbre
traité de cette manière n'aura pas assez de
feuilles pendant l'été, pour reformer de nouvelles racines.

Admettons le principe pour un moment, et
voyons si le même inconvénient n'a pas lieu
pour l'arbre traité de la manière ordinaire.
D'abord vous lui enlevez, par l'ébourgeonnement d'été, un très-grand nombre de feuilles
développées, justement au moment où elles
alloient travailler à la formation des nouvelles
racines; ensuite, par la taille du printemps,
vous lui enlevez un bien plus grand nombre de
bourgeons prêts à agir que ne le fait M. *Sieule*
par son ébourgeonnement; mais dans celui-ci,
du moins, toutes les feuilles ont agi pendant
tout le temps que leur avoit accordé la nature,
et les bourgeons qu'elles ont fournis ont eu le
temps de former leur communication radicale,
c'est-à-dire, qu'elles ont déterminé une nouvelle couche ligneuse, que de la prolongation
de celle-ci il est résulté de nouvelles racines :
par conséquent chaque bourgeon communique
directement avec quelques-unes d'elles. Il arri-
vera de là que, si par supposition vous ne lais-

sez subsister que le huitième des bourgeons, chacun d'eux aura à sa disposition huit fois plus de racines que la nature ne lui en avoit accordé.

Quant au principe, que les feuilles nourrissent les plantes plus que les racines, je suis loin de l'accorder; car je pense que, dans le cours ordinaire de la nature, la plus grande partie des substances pondérables d'un arbre est puisée, sous forme humide, dans le sein de la terre, mais qu'elle vient se combiner dans les feuilles avec les principes répandus dans l'atmosphère.

Mais je m'arrête ici. J'ai discuté ce point important de physiologie végétale dans d'autres ouvrages auxquels je renvoie ceux qui voudront mieux connoître mon opinion à ce sujet.

J'examinerai par la suite jusqu'à quel point M. *Sieule* doit être regardé comme inventeur de cette méthode; mais en attendant il me suffira de dire ici que les témoignages imprimés en faveur de M. *Sieule* sont de plusieurs années plus anciens que ceux de M. *Dumoutier.*

RAPPORT

De la Commission de la Société d'Agriculture du département de la Seine, sur la méthode de M. Sieule, de diriger les pêchers (1).

Lu le 20 janvier 1813.

MESSIEURS,

La Commission que vous avez chargée d'examiner l'état des pêchers dirigés par M. *Sieule*, et selon sa nouvelle méthode, se rendit à Vaux le 4 septembre dernier. M. *Sieule*, jardinier de M. *Praslin*, la conduisit dans le potager, et dirigea ses pas vers un espalier à l'exposition du levant.

Sa vue fit le plus grand plaisir à tous les membres de la Commission. Pour juger de l'effet qu'il a pu produire, il suffit de se figurer un mur d'environ 3 mètres de haut (9 pieds)

(1) Commissaires : MM. *Challan*, *Petit de Beauverger*, *Thouin*, *Du Petit-Thouars*, *Bosc*, *Vilmorin*; *Feburier*, rapporteur.

sur une grande longueur, garni d'un treillage couvert d'une belle verdure et de beaux
fruits produits par quelques pêchers qui ont
de 10 à 15 mètres et demi (30 à 48 pieds d'é-
tendue), et par d'autres pêchers et poiriers
uniquement destinés à remplir les vides for-
més par les membres des premiers pêchers
qui vont en diminuant de largeur jusqu'à leur
extrémité.

Ces pêchers couvrent jusqu'à la partie supérieure du mur, parce que M. *Sieule* a renoncé,
comme les cultivateurs de Montreuil, à l'usage
d'établir un cordon de vigne au-dessus de ses
pêchers.

Le sol de la plate-bande où ces pêchers sont
plantés, est un mélange d'argile et de sable
assez fin. Le sable y domine un peu, de manière que ce mélange forme ce que les maraî-
chers désignent sous la dénomination de *terre
potagère* propre au pêcher, et particulièrement au pêcher sur amandier.

La plate-bande a 2 mètres 30 centimètres de
large (7 pieds). M. *Sieule* déclara qu'il ne
mettoit jamais ni fleurs ni légumes dans les
quatre pieds de cette plate-bande les plus voi-
sins du mur, mais qu'il semoit des pois pré-
coces dans les trois pieds les plus éloignés, et

que cette plate-bande n'étoit fumée que tous les trois ans.

Ce cultivateur forme ses arbres dans les commencemens comme à Montreuil, c'est-à-dire, qu'il emploie des basses tiges qu'il rabat pour en faire sortir deux branches mères, dont chacune se divise en deux membres. Les deux membres inférieurs suivent la ligne horizontale, et les deux supérieurs forment un angle de 45 degrés avec la terre. Cet angle en a par la suite moins de trente, parce qu'on augmente insensiblement l'inclinaison de ces membres pour pouvoir, indépendamment de toute autre considération, leur donner plus d'étendue ; autrement le mur n'ayant que 3 mètres d'élévation, ces membres atteindroient son extrémité supérieure lorsqu'ils auroient 4 mètres et $\frac{1}{4}$ de longueur.

Les membres inférieurs sont plus courts que ceux supérieurs, et ces derniers diminuent de largeur en s'écartant de la tige, de sorte qu'ils ont la forme d'une aile. Cette différence de grandeur des membres supérieur et inférieur, et la grande inégalité de largeur des membres supérieurs d'une extrémité à l'autre qui laissent nécessairement des parties du mur dégarnies, ne sont pas sensibles quand on saisit d'un coup d'œil l'ensemble de l'espalier, parce qu'il y a, comme on l'a déjà observé, d'autres arbres qui remplissent les vides, et qu'on détruit partiellement à mesure que les arbres destinés à rester en place se développent.

Les branches qui sortent de la partie du membre supérieur tournée vers le ciel et qu'on nomme en jardinage *branches montantes*, offrent une grande différence dans leurs proportions avec celles qui le garnissent du côté de la terre, et qui sont appelées *branches descendantes*. Les branches montantes sont fortes et vigoureuses. Trois motifs y contribuent: 1°. leur situation sur la partie supérieure du membre; 2°. leur direction plus verticale, position qui doit leur procurer plus de séve qu'aux branches descendantes, parce que la séve tend à s'élever en ligne droite dans le pêcher comme dans la plupart des arbres; 3°. enfin l'avantage qu'ont ces branches montantes, après avoir dépassé le mur, de jouir toute la journée des rayons du soleil, d'être environnées d'un air libre de tous les côtés, de recevoir plus de rosée, et d'aspirer par leurs feuilles plus de séve. Plusieurs de ces branches sont telles, qu'on pourroit les ranger dans la classe de celles connues sous la dénomination de gourmands.

Les branches descendantes sont au contraire foibles; elles sont même un peu grêles au centre de l'arbre. On voit peu de ces petites branches nommées *brindilles*, et *lambourdes* par les jardiniers. Au surplus, toutes ces branches sont disposées dans un ordre qui indique un cultivateur plein d'intelligence et de goût, et qui ne néglige aucun soin pour la prospérité de ses arbres. On trouve rarement une petite branche croisée.

Les membres supérieurs, très-nourris par les montans, et couverts d'une belle écorce sur laquelle on n'aperçoit d'autres cicatrices que celles produites l'an dernier par la grêle, se font remarquer dans toute leur longueur, même à une certaine distance, parce que la partie inférieure des branches montantes est dépouillée de feuilles dans la longueur de quelques pouces.

La Commission n'a pas remarqué de plaies dans l'angle obtus formé au point de départ des mères branches, ce qui annonce que ces arbres fournissent peu de gourmands dans cette partie.

Il y a de la différence entre le volume des fruits du centre des arbres et celui des fruits placés sur les ailes des membres supérieurs, principalement dans environ le tiers de ces ailes le plus éloigné du centre. Les pêches placées dans ces extrémités sont plus belles qu'ailleurs. M. *Sieule* vous en a présenté une douzaine cueillie à l'extrémité des ailes, et il vous a mis à même de juger que ces fruits égalent en beauté ceux qui font le plus bel ornement des marchés de Paris.

Les fruits ne sont pas également répandus dans tout l'arbre. Les branches montantes les plus rapprochées de la ligne verticale en sont généralement dénuées, de manière que le centre de l'arbre au-dessus des membres supérieurs en est peu garni.

Les arbres de cet espalier, dont le développement moyen est de 40 pieds, peuvent fournir sans s'épuiser, d'après la déclaration de M. *Sieule*, environ quatre cents fruits.

Telles sont les principales remarques que fit la Commission : elle ajoutera ici, qu'à l'exception des branches descendantes, tout annonçoit la plus grande vigueur dans ces arbres.

M. *Sieule*, pour former des arbres si étendus et si vigoureux, emploie à la taille d'hiver deux moyens qui constituent sa méthode.

Il n'arrête jamais l'extrémité des membres de ses arbres, et ces membres s'étendent autant que l'abondance de la séve et la vigueur des arbres le permettent. Il se contente de tailler les branches de l'intérieur pour qu'elles soient garnies de jeune bois propre à produire des fruits.

Il ébourgeonne à la taille d'hiver, c'est-à-dire, qu'il enlève à cette époque, d'un coup de serpette, tous les yeux ou boutons à bois mal placés; et il ne conserve que ceux dont il croit avoir besoin pour former les branches nécessaires pour garnir ses arbres. Cette opération augmente la quantité de séve destinée à ces branches, puisqu'elle en diminue le nombre. Elle évite en outre la suppression de plusieurs branches au moment du palissage, et la perte de beaucoup de séve par les plaies qui sont la suite de cette suppression. M. *Sieule* n'a conséquemment que très-peu de coups de serpette à donner à l'époque du palissage, et sa taille d'été ne consiste, en général, qu'à couper les petites branches venues à l'extrémité supérieure de celles qui se sont développées au printemps, lorsque ces petites branches, trop multipliées, ne peuvent être placées avec avantage, et qu'elles privent les feuilles et même les fruits des autres branches, de l'air, de la lumière et des rayons du soleil. Ce cultivateur arrête en outre les montans qui dépassent le mur, et dont il sort, après cette opération, plusieurs petites branches en tous sens qu'il rabat à la taille d'hiver.

Il déclara à la Commission qu'il avoit adopté des jardiniers de Girardot à Bagnolet, la méthode de ne pas arrêter l'extrémité des quatre membres de ses pêchers. Quant à sa manière d'ébourgeonner, il nous affirma qu'elle étoit de son invention.

Il ajouta qu'il ne supposoit pas qu'on pût donner aux pêchers une envergure aussi considérable, à moins de les greffer sur des sujets semés en place, et dont les racines ne sont point conséquemment affoiblies par la transplantation.

Un des membres de la Commission ayant observé à ce cultivateur qu'il seroit plus difficile de remplacer les branches à fruit, dans sa méthode, que par celle de Montreuil; il répondit que le cas du remplacement seroit très-rare dans sa méthode.

La Commission, après avoir donné à M. *Sieule* les éloges qu'il méritoit, se retira.

L'état dans lequel elle a trouvé l'espalier de Vaux-Praslin, l'intelligence et les grands soins de M. *Sieule* dans l'exécution de sa méthode,

déterminent la Commission à conclure qu'il
soit écrit à ce cultivateur, pour le remercier
de ses communications, pour lui témoigner la
satisfaction de la Société, et pour l'inviter à
continuer ses observations.

Après avoir, par cet examen, exécuté une
partie de vos intentions, la Commission se rendit à Montreuil pour y vérifier l'état des pêchers
de ce lieu, renommé pour ce genre de culture,
et pour pouvoir établir la comparaison de la
méthode qu'on y suit et de celle de M. *Sieule*,
ce qui mettra la Société plus à même de juger
des avantages et des inconvéniens de la méthode de ce cultivateur.

La Commission, arrivée dans ce bourg, y
trouva M. *Mozart* qui cultive les pêchers avec
succès, et elle accepta son offre d'entrer dans
ses jardins pour y faire ses vérifications.

On examina la terre qui fut jugée d'une qualité inférieure à celle du potager de Vaux-
Praslin.

Ensuite on jeta un coup d'œil sur les arbres.
L'ensemble des espaliers ne parut pas à vos
commissaires aussi beau que celui de Vaux-
Praslin. Cette différence provenoit de plusieurs
causes. Les arbres avoient été plantés à différentes époques, et plusieurs ne garnissoient

pas entièrement le mur; ceux de Vaux-Praslin
étoient, au contraire, du même âge; la végétation n'étoit pas aussi forte à Montreuil, et la
couleur des feuilles moins vive ne faisoit pas
ressortir autant celle des fruits. Enfin, si l'at-
tache à la loque est plus favorable aux branches
que celle de l'osier contre un treillage, ce dernier est un ornement agréable qui l'emporte
beaucoup sur les têtes de cloux garnis de chif-
fons de différentes couleurs, employés pour
maintenir les branches à Montreuil.

On mesura les arbres. Le *maximum* de leur
envergure fut de 30 pieds. M. *Mozart* déclara qu'un arbre de cette proportion pouvoit
nourrir environ quatre cents fruits sans se
fatiguer.

Examen fait de plusieurs de ces arbres, la
Commission vérifia que leurs membres supérieurs n'étoient pas si gros que ceux des pêchers
de Vaux-Praslin. L'extrémité des membres,
moins longue, étoit plus large et garnissoit
mieux le mur. Ces membres étoient un peu
moins inclinés. La végétation des branches supérieures ou montantes ne présentoit pas une
différence considérable avec celle des branches
descendantes comme à Vaux-Praslin. Aussi le
centre des arbres étoit-il garni de branches à

fruit et de fruits. En général les brindilles étoient plus multipliées sur ces arbres, et particulièrement au centre, que sur ceux de Vaux-Praslin; ce qui mit la Commission à même de juger de la cause pour laquelle les arbres de Montreuil fournissoient la même quantité de fruits que ceux de Vaux-Praslin, quoique ces derniers eussent une étendue plus considérable d'un tiers, ou même de moitié, parce que les fruits étoient répandus plus également à Montreuil, et qu'ils en étoient garnis dans les parties qui en avoient très-peu, ou qui en étoient dépourvues à Vaux-Praslin. Les fruits du centre et ceux des extrémités n'offroient pas à Montreuil une aussi grande différence dans leur volume que ceux de Vaux-Praslin. Il résultoit de toutes ces observations que, si un espalier composé d'un grand nombre d'arbres ne produisoit pas un si beau coup d'œil à Montreuil, on en étoit amplement dédommagé quand on examinoit chaque arbre séparément, et, sur-tout, quand on en détailloit les parties qui étoient plus en rapport entre elles, et qui formoient un ensemble plus parfait.

La Commission eut la preuve que la méthode de Montreuil donnoit lieu plus souvent à la production des gourmands à la naissance des deux

3

mères-branches que celle de M. *Sieule*. Cet effet doit avoir nécessairement lieu plus fréquemment dans des arbres qu'on arrête que dans ceux dont on conserve l'extrémité des branches principales, parce que si la taille est trop courte à raison de la grande abondance de la séve, cette séve, destinée à développer les boutons qu'on a retranchés, ne pouvant être employée dans les seuls canaux qu'on lui a conservés, se fait de nouvelles issues en adoptant de préférence une route verticale. Ces gourmands qui, dans quelques circonstances, sont très-utiles pour remplacer une branche qui dépérit, sont en général nuisibles dans l'enfance de l'arbre, puisqu'ils sont alors inutiles et qu'ils consomment une grande quantité de séve qui eût servi au développement des autres parties.

Un membre de la Commission, surpris du petit nombre de plaies faites à l'ébourgeonnement, en demanda la cause à M. *Mozart*. Ce cultivateur répondit qu'il avoit détruit à la taille d'hiver la plupart des boutons à bois, et qu'il n'avoit conservé que ceux qu'il supposoit pouvoir lui être utiles pour garnir les arbres et servir au besoin de remplacement. Le même membre qui avoit vu faire cette opération, il y a plus de trente ans, au lieu de sa naissance, surpris de la voir adoptée à Montreuil, invita M. *Mozart* de faire cette opération, et d'apprendre à la Commission depuis quand il employoit ce moyen. Ce cultivateur coupa sur-le-champ, avec une dextérité et une promptitude qui annonçoient une grande pratique, un bouton du haut en bas, en enlevant la partie d'écorce d'où sortent les boutons, nommés par M. *Du Petit-Thouars*, bourgeons stipulaires; il affirma de plus qu'il employoit ce procédé depuis quarante ans.

La Commission fera remarquer à la Société que, s'étant rendue chez M. *Meriel*, membre de la Société, elle y vit un pêcher de 36 pieds de large, et dont on calcula le produit à cinq cents pêches.

Tel est le résultat des observations faites par votre Commission à Montreuil. Si, maintenant, elle compare les deux méthodes, il sera facile d'apercevoir que celle de M. *Sieule* mérite l'attention des cultivateurs sous deux rapports. Les arbres traités de cette manière acquièrent une plus grande étendue dans le même laps de temps, et ils fournissent dans leur jeunesse moins de gourmands dans la fourche formée par les deux branches-mères.

D'autres considérations militent en faveur de
la méthode de Montreuil ; tels que plus de
moyens pour garnir toute la hauteur du mur
dans les parties les plus éloignées du centre,
une plus grande facilité d'obtenir et de conserver un grand nombre de brindilles dans le
centre des arbres, et de les remplacer au besoin par une quantité de fruits plus considérable
dans le même espace ; enfin, des proportions
plus rapprochées dans le volume des fruits des
extrémités et du centre, et une répartition plus
égale de ces fruits dans toutes les parties de
l'arbre.

Si on recherche les causes de ces différences,
on voit qu'elles sont produites, 1°. par l'ébourgeonnement *à sec* exécuté rigoureusement par
M. *Sieule* qui en fait la base principale de sa
méthode, pendant qu'on n'emploie cet ébourgeonnement à Montreuil qu'avec modération et
suivant les circonstances ; 2°. par le grand allongement des extrémités des quatre membres
des arbres dont M. *Sieule* conserve la pousse
dans toute sa longueur, pendant qu'on les arrête
à Montreuil. Pour les autres opérations, il
semble voir un excellent élève de Montreuil
opérer à Vaux-Praslin.

On a déjà vu que l'ébourgeonnement d'hiver

est une pratique employée depuis long-temps à
Montreuil avant que M. *Sieule* en eût fait la
découverte. Cette pratique, usitée pendant tant
d'années avec succès, justifie ce qui a été avancé
sur cette méthode par un auteur (1), qui igno-
roit ce qui se passoit à Montreuil et à Vaux-
Praslin. La théorie est ici d'accord avec la pratique. En effet, elle démontre que, parmi les
boutons à bois placés à peu de distance sur la
même branche, ceux qui jouissent plus tôt et
plus des rayons immédiats du soleil, sont ceux
qui attirent le plus de séve et qui ont un développement plus prompt et plus grand. Tels sont
les boutons placés sur le devant des branches
relativement à ceux des côtés qu'on veut conserver à cause de leur position. Les premiers nui-
sent aux autres en leur enlevant une partie de
la séve nécessaire pour les bien nourrir ; et ces
boutons, privés de séve, avortent quelquefois,
ou ne produisent souvent qu'une branche chif-
fonne incapable de fournir du fruit ou au moins
de beaux fruits. Mais la destruction des boutons placés d'une manière avantageuse conserve
aux autres, non-seulement la portion de séve

(1) Voyez l'*Essai sur les phénomènes de la végétation
expliqué par le mouvement des séves ascendante et des-
cendante.*

qui leur étoit destinée , mais elle leur en procure en outre un supplément qui les fortifie et
les met en état de rapporter l'année suivante.
Leurs feuilles , ayant été bien nourries par les
racines , ont une grande force de végétation qui
leur donne les moyens de bien élaborer les sucs
qui leur sont fournis , et d'en aspirer une plus
grande quantité.

Il est vrai qu'on perd par ce procédé la séve
des feuilles des branches dont on a arrêté le développement , mais on profite peu de temps de
cette séve , parce qu'on coupe ces branches à
la fin de mai ou au commencement de juin ; au
lieu que les branches latérales , qui ont acquis
plus de force et de feuilles lorsqu'on ébourgeonne l'hiver , fournissent plus de séve des-
cendante ; et elles le font jusqu'à la chute des
feuilles. Ainsi , sous ce rapport , il y a non-
seulement compensation , mais encore augmen-
tation. D'une autre part , l'enlèvement d'une
grande quantité de branches et de feuilles au
commencement de juin fait éprouver aux arbres
une perte de séve jusqu'à ce que les plaies soient
cicatrisées. Il détruit l'équilibre qui s'établis-
soit entre les deux séves. Il donne la supériorité
à celle des racines , et il détermine , par le développement de boutons souvent essentiels pour

l'année suivante, de nouvelles pousses inutiles et même nuisibles, puisqu'il faut en retrancher les trois quarts à la taille d'hiver, ce qui occasione l'emploi d'une grande quantité de séve et de sucs propres en pure perte. Il y a donc de l'avantage à enlever à la taille d'hiver les boutons mal placés, et cet enlèvement ne seroit dangereux qu'autant que la séve, déjà trop abondante dans une partie, pourroit, en pénétrant dans les boutons conservés, les transformer en branches gourmandes. Cet ébourgeonnement, fait trop rigoureusement, peut également avoir l'inconvénient de priver l'arbre de brindilles et de branches nécessaires pour remplacer celles qui périssent. Ainsi le jardinier, qui ébourgeonne à la taille d'hiver, doit avoir égard à la vigueur de ses arbres, à la manière dont ils sont garnis de branches, et à l'étendue qu'il veut leur donner ; autrement cette opération peut être aussi dangereuse qu'elle est utile quand elle est exécutée sagement.

Il résulte des faits, que M. *Sieule* ne peut être considéré comme inventeur de cette méthode d'ébourgeonnement, puisque d'autres l'avoient employée avant lui ; mais s'il est le premier qui l'ait publiée, on lui en doit de la reconnoissance. Sa pratique de ne pas arrêter

l'extrémité des membres des arbres n'est ni
nouvelle ni de son invention ; c'est ce qu'il a
lui-même déclaré à la Commission. Mais per-
sonne avant lui n'avoit su en tirer un si grand
parti. Ses arbres sont réellement des chefs-
d'œuvre dans ce genre. En vain dira-t-on que
ce n'est qu'une difficulté vaincue pour quelques
années ; il est beau, même en adoptant la vérité de cette observation, d'être parvenu à
maîtriser par son intelligence et ses soins les
mouvemens de la séve, au point d'avoir étendu
des pêchers dans de si grandes proportions sans
les dégarnir beaucoup au centre, malgré les
lois de la nature, qui, dans le pêcher principalement, tendent à le dépouiller promptement dans ses branches inférieures quand il est
livré à lui-même. Aussi est-il fort douteux qu'un
ouvrier ordinaire pût obtenir de pareils résultats, surtout si la terre étoit d'une qualité mé-
diocre comme à Montreuil.

Il est vrai que M. *Sieule* a trouvé dans l'é-
bourgeonnement à sec un moyen d'empêcher
jusqu'à un certain point le dépérissement des
branches du centre, en fortifiant celles qu'il y
conserve de la séve destinée aux boutons qu'il
détruit à la taille. Il est encore certain qu'en
n'arrêtant pas la pousse de l'extrémité des mem-

bres de ses arbres, il ne néglige pas de tailler le
surplus de leurs branches. La grande inclinaison des membres lui est également utile, en
ralentissant le mouvement de la séve, et en fa-
cilitant aux branches qui règnent le long de ces
membres les moyens d'en attirer une plus
grande quantité ; enfin, la bonne qualité du
sol le favorise ; mais, quoiqu'il ait été bien se-
condé par tous ces moyens auxiliaires, il faut
convenir qu'il falloit beaucoup d'art pour triom-
pher des obstacles qui s'opposoient à la formation de pareils arbres.

« On fera peut-être valoir, pour combattre sa
méthode, les grandes difficultés que M. *Sieule*
a eu à surmonter. La nature, pourra-t-on
lui dire, a établi des lois qu'il est à la vérité
possible de modifier quelquefois ; mais, en général, elle tend toujours à reprendre ses droits,
et il faut être sans cesse attentif à sa marche
pour s'y opposer. Les moyens qui parviennent
le plus facilement à ce but sont ceux qu'on doit
préférer. Or, la méthode de Montreuil a cet
avantage sur celle de Vaux-Praslin, et il est facile de le prouver par les faits. On y allonge
moins promptement les côtés des pêchers, on
détermine quelquefois la sortie des gourmands,
mais on y balance davantage la séve. On fortifie

le centre ; on s'oppose , autant qu'il est possible ,
à ce que les branches qui garnissent le dessus
des membres aient une grande supériorité sur
celles qui sont placées dessous , et on voit des
arbres de trente ans et plus dirigés par cette
méthode , dans lesquels la séve conserve à peu
près l'équilibre dans toutes les parties , et où
les fruits sont répandus également en abondance et dans de belles proportions ; enfin , où
on a tiré parti des gourmands pour remplacer
des branches , en détruisant ceux qui étoient
inutiles.

» Ce n'est que depuis onze ans , de l'aveu de
M. *Sieule* , que ses pêchers sont soumis à sa
nouvelle méthode , et cependant la différence
est déjà très-grande entre les branches qui en-
vironnent leurs membres. Si celles inférieures
ou descendantes , qui se rapprochent du centre ,
donnent encore des fruits , ils sont petits com-
parés à ceux où la séve est abondante ; et comme
ces branches s'affoibliront de plus en plus , le
mal ne fera qu'augmenter sous ce rapport : elles
périront , et l'espoir du remplacement s'éva-
nouira , même en employant le moyen de l'é-
cusson , parce que les écussons placés en dessous
pour regarnir les membres dans cette partie y
manqueront de nourriture , et ne se dévelop-

peront que foiblement ou ne le feront même pas (1).

» Quant aux branches supérieures ou montantes, elles prendront de la force et elles se dépouilleront davantage à leur extrémité inférieure, ce qui formera un vide toujours croissant, sans boutons ni feuilles le long des membres supérieurs. M. *Sieule* arrête au palissage toutes les branches qui dépassent le mur. Il sort

---

(1) L'expérience prouve qu'il est extrêmement rare que les branches mères et les membres d'un pêcher, conduit en V ouvert, soient naturellement d'égale force de chaque côté. On parvient facilement, par la taille, c'est-à-dire, en coupant plus court le côté le plus foible, à les mettre en équilibre. Ceux de mes collègues qui sont allés à Praslin, à ce qu'ils m'ont rapporté verbalement, n'ont pas trouvé les pêchers conduits par M. *Sieule* différens, à cet égard, de ceux de Montreuil. Quoiqu'il soit possible de substituer à la taille la courbure du membre le plus vigoureux ou le dépalissage de celui le plus foible, je suis cependant convaincu, par l'examen du membre que M. *Sieule* a mis sous les yeux de la Société et des jeunes arbres dirigés par son neveu, d'après ses leçons, au château du Coq, près et au-delà le pont de Neuilly, qu'il emploie le premier de ces moyens, ce qui est une contravention à son principe. Le rapport auroit dû parler de cette circonstance, que je n'ai pas pensé à relever lors de sa lecture à la Commission.

(*Note de M.* Bosc).

de ces branches taillées uu grand nombre de petites branches dans la partie voisine dè la coupe : ces petites branches, jouissant des avantages des plantes en plein vent, fournissent à l'arbre jusqu'à la chute des feuilles une grande quantité de nourriture qui fortifie les racines correspondantes : mais ces racines leur en rendent dans la même proportion au printemps suivant ; et comme on taille ces branches à la fin de l'hiver sur quelques yeux, les boutons conservés font de nouvelles pousses très-fortes, dégarnies de boutons à fruit dans la partie inférieure, ce qui s'oppose à ce qu'on ait du fruit dans ces branches, parce qu'on est obligé chaque année de les rabattre au niveau du mur. Ainsi, on ne pourra tirer parti de ces montans qu'en les affoiblissant par des opérations qui augmentent le travail, déjà très-considérable. Les arbres seront donc exposés, par cette méthode, à se dégarnir dans une partie, à trop pousser, et à ne rien ou presque rien rapporter dans une autre.

» On aura des arbres plus étendus d'un tiers que par la méthode de Montreuil. Mais quel avantage y trouvera-t-on, s'ils ne produisent pas en raison de leur étendue ? On doit observer que, dans la culture des arbres fruitiers, l'article essentiel est d'avoir beaucoup de beaux et de bons fruits suivant les forces de l'arbre, et que c'est une perte réelle d'employer la séve à la production des branches inutiles, quand on peut la faire servir à nourrir des fruits. Or, c'est ce qui a lieu dans le potager de Vaux-Praslin. On se procure par la méthode de Montreuil environ quatre cents fruits sur un arbre de 3o pieds d'étendue, et on n'en obtient que la même quantité sur un arbre de 40 par celle de Vaux-Praslin. Il y a donc une perte évidente en abandonnant la pratique de Montreuil; et le développement si prompt, lorsque l'on n'arrête pas l'extrémité des membres, n'offre qu'un avantage factice.

» Ce cultivateur a été induit en erreur par le principe qu'il a établi dans son *Avis aux jardiniers*. Ce principe est que la taille est contraire à l'accroissement, à la vigueur et à la durée des arbres. C'est ce qui l'a déterminé à adopter la méthode de ne pas arrêter les membres et de faire un ébourgeonnement d'hiver très-rigoureux, pour avoir moins à couper pendant la végétation à la fin du printemps. Pour être conséquent, il eût fallu également renoncer à la taille des branches montantes et descendantes, et se contenter d'ébourgeonner à sec. En suivant cette marche, M. *Sieule* se seroit bientôt aperçu que son principe, applicable à la plupart des arbres fruitiers, ne l'étoit nullement au pêcher.

» En effet, si la taille ralentit les premières années l'accroissement de cet arbre, elle augmente sa vigueur dans la suite, elle lui donne les moyens d'acquérir de plus grands développemens, et elle prolonge sa durée au point qu'un pêcher, bien dirigé par la taille, vit trois ou quatre fois autant que celui qui est abandonné à la nature.

» Cette différence d'effets de la taille du pêcher et de celle des autres arbres fruitiers, tels que le poirier, etc., n'a lieu que parce que le cultivateur se propose deux buts différens dans leur direction. Le poirier dans l'état naturel ne donne de fruits que dans un âge avancé. Il est déjà fort et vigoureux quand il produit des fleurs. Le cultivateur en le taillant travaille à le mettre plus tôt à fruits, et il y réussit en l'inclinant, en multipliant les branches moyennes, en affoiblissant celles qui sont trop vigoureuses, et en faisant dévier la séve.

» Le pêcher sauvage porte au contraire du fruit dès la troisième année. Mais le jardinier retarde l'époque de la fructification. Pour garnir le mur dans toutes ses parties, il taille le pê-

cher assez court les premières années , et il détruit tous les boutons à fleurs placés dans la
partie supérieure des branches vigoureuses ,
parce qu'il abat cette partie. Toute la séve qui
eût été consommée par les fruits est donc employée dans toutes les autres parties de l'arbre ,
et elle leur donne une vigueur très-grande.

» Dans l'ordre naturel , les pêchers se char-
gent d'une telle quantité de fruits que les brindilles qui en sont couvertes périssent presque
toujours dans l'année , et que les branches principales se dessèchent promptement , parce que
toute la séve est employée à la nourriture des
fruits , et qu'il n'en reste ni pour nourrir suffisamment les racines , ni pour former les sucs
propres. Le jardinier qui veut jouir long-temps
de ses pêchers , rend ses arbres plus vigoureux
en retardant l'époque de la fructification , et il
n'y laisse que le nombre de fruits qu'ils peuvent alimenter , sans nuire à la nourriture des
racines et à la formation des sucs propres. Les
racines qui ont reçu pendant l'été et l'automne
la quantité nécessaire de séve pour conserver
leur vigueur, s'allonger et renouveler leur che-
velu, fournissent à leur tour aux autres parties
de l'arbre la séve nécessaire à leur entretien.
Ainsi la taille prolonge leur existence , et le

principe qui a dirigé M. *Sieule* dans sa méthode n'est point applicable au pêcher.

Telles pourront être les objections des par-
tisans de la méthode de Montreuil contre celle
de M. *Sieule*. La Commission n'entreprendra
pas dans ce moment de discuter les raisons pour
et contre cette méthode ; elle n'examinera pas
non plus si les succès obtenus par ce cultivateur
sont plutôt dus à son intelligence et à ses grands
soins qu'aux principes sur lesquels il fonde sa
pratique, et s'il seroit possible d'obtenir les
mêmes résultats dans un sol moins bon; enfin
elle ne décidera point entre les deux méthodes,
ce qui la décharge de l'obligation d'établir dans
ce rapport les principes de la direction des pêchers fondés sur la théorie et la pratique; rien
n'oblige à précipiter un pareil jugement. Dans
quelques années on pourra de nouveau se
rendre sur les lieux, et vérifier l'état des pêchers de Vaux-Praslin et de Montreuil; alors
il sera facile de porter un jugement plus sûr,
puisqu'on aura de nouvelles données pour
l'asseoir.

www.ingramcontent.com/pod-product-compliance
Lightning Source LLC
Chambersburg PA
CBHW061708180626
46818CB00003B/1311